KB188355

율
격

6

집

2 0 2 2
율 격 6 집

律格

언
어
의

격
을

담
다

이꿈

율격의 꿈과 소망을 이루기 위해

고정선 | 회장

문학의 산실은 글 쓰는 이의 가슴 안에 있고 그들 가슴앓이에서부터 시작된다. 얼마나 알차게 일하고 노력했느냐에 따라서 그 결실이 많고 적음이 가늠된다고 김시철 시인은 말하였다.

지난 3년간 전 세계를 휩쓴 코로나19로 사람 간의 거리두기는 많은 이들을 힘들게 했다. 모두가 K-방역에 협조하며 자기관리에 힘쓴 결과 무난히 이 어려움을 넘기나 싶었는데 다시 재유행을 걱정해야 한다니 참담할 따름이다. 그러나 잃은 것만 있는 것이 아니라 얻은 것도 있었다. 인류가 기후 위기에 대한 공감대를 형성했고, 빈곤, 환경 등 사회적 의제에 대한 관심도 강조되면서 자연과 사람이 공존해야 한다는 필요성을 절실히 깨닫게 된 것이다.

어려움 속에서도 율격 6집을 출간하는 기쁨을 누

린다. 동인들의 작품 한 편 한 편이 노력과 진통 끝에 이루어진 산물이기에 더욱 그렇다. 율격 동인의 창립 정신처럼 시조에 대한 남다른 열정과 애정 그리고 남도의 빛과 색을 찾기 위해 고민하고 노력한 흔적이 독자의 마음속에 화인처럼 자리 잡을 것으로 믿는다.

문인은 외로운 사람이고 홀로 우는 사람이다. 그래서 우리는 서로를 따뜻하게 바라보는 시선을 지녀야 한다. 그래야 세상이 따뜻해진다. 아름다운 구속을 서로 만들었으면 한다. 정완영 시인은 시조 한 수에 담지 못할 세계가 없으며, 시조는 우리 모국어로 빚어 올릴 수 있는 가장 아름다운 시 그릇이라고 했다. 시조를 통해 따뜻한 세상이 되고, 배려와 사랑 그리고 존중이 우선되는 사회를 우리 아이들에게 선물하고 싶은 율격의 꿈이요 소망은 지금도 현재진행형이다.

우리나라는 2022년도 상반기에 대내적으로 많은 일을 겪었다. 율격 동인들은 한국의 현 시대정신을 어떻게 표현하고, 현실에 현상하는 미학을 어떤 방식으로 제시할 것인가에 대해 고민하며 시조 대중화와 예술성을 살리는 데 노력할 것이다. 아울러 치열한 창작정신으로 동인 개개인이 자신의 시적 특성을 살린 개별성을 더욱 확대 심화해 독자가 공감하는 아름다운 문장을 빚어낼 것임도 약속드린다. 겸허한 마음으로.

● 차례

율 / 격 / 6 / 집

강 성 희

mpksh1024@hanmail.net

2012년 《시조시학》 여름호 신인상, 젊은시인상, 열린시학상 수상.
시집 『바다에 묻은 영혼』, 『명창, 울돌목』, 『소리, 그 정겨운 울림』.
시조시학, 열린시학, 정형시학, 오늘의시조시인회의, 한국시조시인협
회, 광주·전남 시조시인협회, 목포시조문학회, 목포詩문학회 회원.

　　지평선으로 떨어지는 빗방울은 때로는 무서운 수마로 변할 수도 있지만 그 보다는 산천초목의 비료로서의 역할을 성실히 수행하고, 사람들의 갈증을 해소하는데 가장 필요한 것이 빗방울에 의하여 이루어지는 것이 아닐까 생각되며, 어떤 여인은 빗방울 소리에 님이 오시는 것으로 착각하여 마음이 설레이기도 한다. 그러나 빗방울이 있기에 나는 즐겁다. 빗방울이 호수에 떨어지는 소리는 어떤 음향도 흉내 낼 수 없을 것이며, 삼라만상의 우주가 파랗게 물들 수 있고, 아름다운 꽃들과 가을이면 빨강, 노랑 단풍이 우리를 즐겁게 하며, 겨울의 하얀 설경은 감동을 일으키기에 충분하다.

백련의 연주演奏 소리 외 1편

물안개 핀 호숫가에
발 담그는 연꽃 대궁
기지개 켠 이파리에 동그란 이슬 모아
방울꽃
떨어뜨리는
실로폰의 맑은 소리

햇살이 조요照耀하게
꽃술을 두들기면
상큼한 음표들이 백련지에 피어올라
하얀 꽃,
숭어리마다
청아한 그 연주 소리

단비가 내리면

깡마른 대지 위에 단비가 내리던 날
마을 어귀 솟대들 사물놀이 한바탕에
목축인
산천초목은
신명 나게 덩실덩실

황소고삐 잡은 손
쟁기 뒤에 끌려가고
해진 바지 질질 끌며
젖은 흙 철벅이는
아버지
굽은 허리가
논고랑을 슬렁슬렁

요양원의 달빛 외 1편

어스름한 요양실 창
비쩍 마른 달빛 자락
세월 먹은 주름살이
인연의 끈 놓지 못해
동안거 묵언 수행에
기력 잃은 남루한 생

회한의 날숨들을
더듬거린 긴 그림자
헝클어진 그 흔적들
영혼 속에 진열하며
윤회의 사리숨체를 묻고
합장하는 설핏한 미소

_ 2022년 《정형시학》 봄호

고천암호 새 떼

1

여명이 밝아오는 저 맑은 하늘가에
환상의 춤사위가 활처럼 휘감으면
오묘한 일출의 찰나 새 떼 속 파고든다

2

갈대가 호위하는 고천암호 가장자리
노을빛 조명받은 철새들의 군무에
저무는 하루의 끝을 관조하는 물그림자

_ 2020년 《열린시학》 가을호

율 / 격 / 6 / 집

강 대 선

89kds@hanmail.net

2019 동아일보 신춘문예 시조 당선. 2019 광주일보 시 당선.

나의 시는 불보다는 물에 더 근접해 있다. 비와 강과 바다에 그리고 내 안에 있는 눈물 같은 그리움이 나를 끌어당긴다. 어릴 적, 나주 벌판에 비가 내리는 날은 온갖 소리가 튀어나왔다. 그 소리에 젖어 나는 글을 쓴다. 비가 오기 전이나 비 갠 후의 모습도 경이였다. 몰려오는 먹구름이나 개벽이라도 한 듯 새로운 문을 열어 보이는 하늘이나 모두 물의 서정이었다는 생각이 든다.

백일홍 외 1편

지금쯤 땅끝에 도착해 있겠네
가는 길에 늘어선 백일홍 붉어지면
산 너머 바다로 가는
전선이 흔들렸겠네

오가는 차 안은 백일 동안 쓸쓸해
당신은 밀물에 잠겨 혼자 울었겠네
스며든 붉은 노을이
썰물처럼 쓸쓸했겠네

탯줄 같은 전선이 당도한 땅끝에서
자궁에 품었던 아기 떠나보냈겠네
백일은 핏빛 꽃으로
피어난 바다

바다에 손 내밀고 있을 땅끝의 당신
백일의 아기를 기다리고 기다리다

당신은 전선을 이어
바다로 갔겠네

몽유비

파스텔 문지른 듯 안개 자욱한 아침

나주 벌판 하늘은 먹빛으로 번지고

창문은 안쪽까지 젖어

흘러가는 꿈결

젖은 마당 한 귀로 흐르는 흘림체

무른 곳 두드리며 길 트는 비의 문장

풍경은 안쪽까지 젖어

부유하는 몽유夢遺

물빛 전언 외 1편

비 갠 오후
성당 돌담길

젖은 잎사귀
물기 번진 속삭임

사랑은
마트료시카

눈물 안에 눈물

_ 2022년 《시조시학》 여름호

낙화 풍경

꽃지는 일이
어제오늘의 일이던가

머문 자리를 눈물로
더듬을 수밖에

명옥헌 꽃비 맞고서
연못이 젖는다

백만 번쯤 졌다가
피어나는 백일홍

남녘의 섬이든
북녘의 산 밑이든

꽃 따라 나도 꽃 되어
철 따라 붉어질까

한밤 내 코피
쏟아놓은 연못가

자미탄 벌레 소리
둥글게 퍼지면

달빛은 파문에 취해
테두리가 붉다

_ 2022년 《시조시학》 여름호

율 / 격 / 6 / 집

강 경 화

enterkkh@naver.com

2002년 《시조시학》 신인상.
2013년 광주전남시조시인협회 작품상, 2019년 무등시조문학상.
시조집 『사람이 사람을 견디게 한다』 외.

초점이 흐려져 글씨가 희미해졌다
안경이 없이는
제대로 읽어내지 못한다
온전히 이해하지 못한다

시가 내게 오는 순간에도
자꾸만 내 초점은 흔들린다

무늬가 있었다 외 1편

낡아서 삐걱대는 서랍장을 들어내고

균형이 깨어진 자리
먼지를 쓸어낸다

햇볕도 들지 않은 곳
마음도 닿지 않은 곳

읽지 못한 시간만큼 엉겨있는 묵은 먼지가

빗자루를 흔들어 털어내도 매달린다

생각이 선명한 꽃 무늬만
바닥에 떠올랐다

깡통의 깊이

다리의 흉터가 금어초처럼 찍힌 사내
동전 하나 담기지 않는 빈 깡통 앞에 놓고
육교를 오가는 신발
힐끗힐끗 보고 있다

얼마를 기다렸을까
금빛 물고기 걸리기를

뻣뻣해진 다리를 꾹꾹 눌러 주물러도
그 자리 푹 꺼진 낮달처럼
쉬 차오르지 않는다

길 위에 떨어지는 소리를 찾는 일처럼
내려다 보는 일은 아리고 아파서
내 눈길 거두기로 했다
바닥이 깊어졌다

수석, 꽃을 품다 외 1편

강에서 주워 온 매끈한 돌멩이

물 뿌리자
붉은 꽃 스멀스멀 올라온다

얼마나 구르고 굴러
내게 왔나
상처의 무늬

뿌리내린 모든 날이 기쁘지만 않았으리

축축이 젖어야 알 수 있는 너의 흔적

낯선 길 잎도 떨구지 않고

내게 섰다

나도 섰다

_ 2022년 《정형시학》 봄호

들린 뿌리에 관하여

사람의 왕래가 적은 오래된 길을 깨고
느티나무 뿌리가 보도 위로 솟구친다

포도鋪道의 빛바랜 기억이 소리 없이 전복된다.

무엇인가 올무처럼
내 발목을 잡는 아침

벗어날 길 없는 땅속 그 너머가 궁금했을까?

치솟은 뿌리에 걸려
내 생이 휘청인다

밟힐 줄 알면서도 튀어나온 뿌리
침묵의 시간을 구부려 하늘을 본다

어둠을 찢고 싶은 뿌리,

길이 되고 싶은 나.

_ 2022년 《시조미학》 여름호

율 / 격 / 6 / 집

최 양 숙

soosunha61@hanmail.net

1999년 《열린시학》 등단.
시조집 『활짝, 피었습니다만』, 『새, 허공을 뚫다』.
열린시학상, 시조시학상, 무등시조문학상 외 수상.

　푸른 하늘이 쏟아져 내릴듯하네.

　아직도 어딘가에 닿지 못하고, 정처 없이 헤매고 있다면 이제 그만 돌아오게. 여긴 뻐꾸기 울고 부엉이도 울고, 지난겨울엔 폭설도 내렸다네. 한 인간의 내밀한 역사에 대해 듣기고 싶지 않지만, 그대가 돌아온다면 기꺼이 나의 속살을 보여 줄 작정이네 자, 이제 나의 암막커튼 속으로 들어오게.

　무엇이 보이는가?

나, 이런 여자야 외 1편

남편은 사는 내내 술주정을 부렸어

내 머리카락을 양손으로 감아쥐고 미련해져라 미
련해져라 하면서 바닥에 찧었지 20년 전 둘째만 데리
고 도망 나왔어 시인이 되고 싶었거든 문학박사 꼬리
표를 달아보고 싶었거든 둘째가 군대에 있는 동안 춥
고 잘 곳이 없어 경찰서로 들어갔어 하룻밤 재워달라
니까 어디론가 데려가 방 하나를 준거야 거기엔 더 비
참한 노숙자들로 가득했어 둘째가 휴가 나오면 그 휴
가비로 자장면 먹고 여관 들어가 자고나면 돈이 뚝 떨
어졌지 다음날 복귀시키고 다시 떠돌이 골목을 찾아
다녔어 나, 그런 여자야 한 면이 각을 세우면 두 면이
무디어져도 거뜬히 뛰어넘는 삼각형 여자 그러다가
온 몸에 뿔이 돋아 히죽히죽 웃으며 일어나지

오늘은 찢어진 옷을 입고 압구정으로 갈거야

여름비 솔솔

노인정 두 여인네 부침개 뒤집으며
기름을 안 두르니 잘 익지 않는다고
내 정신 어디 갔냐고 고개만 내두른다

이 다 빠진 옥진할매 곰살갑게 웃으며
내 정신 한천양반이 진작에 가져갔다고
고추밭 고추잠자리 흥얼흥얼 날고 있다

앞마당 호박잎이 점령군처럼 밀려온다
뻐꾸기 구령에 맞춰 줄기차게 입성한다
멋모른 여름비 솔솔
부추 종아리 살 오르겠다

부엉이가 울었다 외 1편

예기치 못한 길로 접어들자 눈이 내렸다
손으로 눈을 받아 데려가고 싶었지만
번번이 사라져버린 자작나무 숲 부근

살비듬 다 벗겨진 은빛 수피 가슴으로
미치게 날아다니다 내려앉은 눈송이들
아, 나는 아니었구나 물러서는 불빛들

몸 속 어딘가는 눈사람이 되어갔다
앞서 간 발자국이 자막으로 깔리며
멀리서 부엉이가 울었다
진입금지 구역이었다

_ 2022년 《현대시조》 봄호

암막커튼

겹겹이 흘러내린 주름을 따라가면
모서리 끌어안은 구겨진 겨울 들꽃
눈은 늘 먼 곳에 둔다
할 말을 버린다

혼자만 남을까봐 어둠을 열었다가
날카로운 빛에 찔려 온 방을 뛰어다니고
수시로 약을 삼킨다
감은 눈 또 감는다

그대가 다녀간 날은 심장의 길이를 잰다
전생을 꺼내어서 가만히 들여다본다
견딜 수 없는 것들을
견딜 수 있을 때까지

_ 2022년 《시와 소금》 봄호

율 / 격 / 6 / 집

이 택 회

yitaekhoe@hanmail.net

2009년 《시조시학》 등단.
시조집 『여보게, 보자기』, 『숲속 이야기』, 시조선집 『봄 산』,
그 밖의 책 몇 권.
가람시조문학 신인상, 전북불교문학상.
가람기념사업회 수석부회장, 한국시조시인협회 이사, 한류시조 동인.

저자에 살고 싶다.

동고동락하면서도 화이부동和而不同하며.

연꽃을 바라보면서 살고 싶다.

연꽃이 발붙인 곳은 진흙이다.

진흙을 사랑하지 않으면 연꽃은 피어나지 않는다.

내가 디딘 진흙에 애정을 가져야겠다.

더러운 곳, 흐린 물, 밑바닥은 연꽃의 사랑이다.

나 외 1편

열 살 적 모습이 나라고 한다면
과거는 벌써 지나가 버렸기에
나라고 붙잡는 것은 곡두이며 꿈이다.

지금의 모습이 나라고 한다면
지금이라 말한 순간 이미 과거이므로
눈앞에 있다는 것은 가유假有이며 바람이다.

십 년 뒤 모습이 나라고 한다면
나는 아직은 존재하지 않으니
무엇을 나라 하겠으며, 뭣이 진정 나인가.

사과

과일이지만 제사상에 오르지 못한 것은
이 나라 백성이 아니었기 때문이다.
뒤늦게 귀화한 탓에 이민족일 수밖에.

피 흘리고 살을 에다 과일의 왕으로서
잠시나마 영화도 누릴 수 있었지만
태생이 서양인지라 이방인일 수밖에.

한 상자에 이만 원 이름표 단 너에게서
외국인 노동자의 인욕이 읽히는 것은
어쩐지 일란성쌍생아가 떠오르기 때문에.

동행 외 1편

혼자서 걸어가면 방황이다 일탈이다.
둘이서 함께 가면 비로소 길이 된다.
여럿이 그 길을 가면 새 역사가 열린다.

혼자서 웃으면 손가락질 몰려오고
둘이서 웃으면 벌 나비도 찾아온다.
여럿이 함께 웃으면 하느님도 내려온다.

_ 2022년 《현대시조》 봄호

끝나지 않은 미행

벤츠 제네시스 아우디 숲을 지나
횟집 맥줏집 찻집마다 찾아들어
한 사내 좌석에 다가가 합장하며 조아린다.

위로는 법法을 빌며 중생복을 빌라 했는데
먹물옷을 입고서 하심만 실천하는가.
동짓달 자시 무렵에 창밖에서 숨바꼭질.

조계종엔 젊은 승도 없고 탁발도 금했는데
수행잘까 사이빌까 화두 들고 뒤쫓을 때
커다란 승용차에 올라 어둠 덕을 보는 사내.

_ 2022년 《한류시조》 2호

율 / 격 / 6 / 집

이 순 자

sjlee6830@hanmail.net

1997년 《한국시》 등단.
익산문인협회 회장 역임. 익산예술상 대상 수상.
오늘의시조시인회의, 전북문협, 가람기념사업회 등에서 활동.
시조집 『501호 그 여자』, 『집 없는 음표들을 그려놓고』.

요즘 나는 나와 관계하기로 한다.
눈을 크게 뜨고 바라보다가 입술을 작게 오므려 본다.
천천히 걷다가 걸음을 멈추기도 한다.
내 기분을 내가 결정한다.
이런 내가 좋다.

나이를 먹을수록 외 1편

거울도 카메라도 점점 무서워진다.
눈꺼풀 내려오고
주름은 깊어지고

세월은 성급하게 달린다
발걸음은 느려지고

독백獨白

내가 주인일까 그것이 주인일까
그것이 주인이면 나는 무엇일까
목소리 나지막하게
소곤대듯 묻는다.

몸부림을 치면서 얼마나 헤맸기에
나는 나를 잊고서 잊은 줄도 모르고
저만치 떠난 세월 더듬어
내 이름을 부른다.

영화, 까미유끌로델 외 1편

– 로댕을 사랑한 여자

여자라는 이유로 죄가 되는 운명은
불꽃 같은 사랑도 가둬버린 정신병원
다시는 세상 밖으로
나올 수가 없다는

울고 소리치고 편지를 띄워봐도
세월의 수레바퀴 삐걱대며 굴러가고
무연고 주검 속에서
살아남은 그 이름

_ 2022년 《전북문단 97》

감나무가 말했네

세를 든 시골집의 창문 옆 감나무가
입추 무렵부터 감잎을 떨구는 사연
떫은 감 쑥쑥 자라라고
햇빛 비춰 주려고

바람이 부는 날은 바람 불어 좋은 날,
한낮의 무더위는 느릿느릿 지나가도
늦가을 무서리 내리면
맛도 향도 익는다고

햇빛도 비바람도 불평하던 나에게
가지 끝에 남아서 된서리에 젖어도
빨갛게 단맛이 들기까지
순응하였다 말했네

_ 2021년 《표현》 겨울호

율 / 격 / 6 / 집

이 성 구

leesungku239@hanmail.net

전남 강진 출생.
2013 《시조시학》 신인상.
2016 시조집 「뜨거운 첫눈」.
해동미래종교창시연구소장, 강진온누리문학회장.

하루에도 수없이 어찌 쓸까 무얼 쓸까
이제 그만 둘까 그것도 고민이네
해지고 갈 길은 먼데 멍하니 무얼 하나

소문 외 3편

나는
바람을
만들어 보았나

가슴에 통채로
꽃 하나
받아들인

바람을 만들었다고
고요하고
순했다고

어느 끝으로

가난해서
가난을 모르는 사람이

낮아서
낮은 것을 모르는 아픔이

감춰둔
아픔 속으로
꾸역꾸역 스미는

백도라지

대바구니 속
말라가는
백도라지 한 쪼가리

입속에 넣어보면
싱겁다가
울컥인다

울 엄니
장터 십 리 길
미련한 듯
걸어다녔다

요양원의 아침

뜬금없이
간호조무사 손등을
어루만지며

곱구나
아가,
늙지 말고 살거라

늙으면
몸 보다 마음이
훨씬 먼저 늙는단다

율 / 격 / 6 / 집

유 헌

yoohoun@naver.com

2011년 《月刊文學》 신인상, 《한국수필》 신인상.
2012년 국제신문 신춘문예 시조 당선.
제1회 고산문학대상 신인상. 제10회 월간문학상, 제8회 올해의시조집상,
제3회 현구문학상 등 수상.
시조집 『노을치마』, 『받침 없는 편지』, 수필집 『문득 새떼가 되어』(2020
아르코 문학나눔).
現 광주·전남시조시인협회 회장.

외관을 중시한 유리벽 건축물이 늘어남에 따라 발생하는 문제는 어제 오늘의 일이 아니다. 빛의 반사 피해뿐만 아니라 유리벽에 얼비치는 나뭇가지를 실제 나무로 착각해 부딪혀 죽은 새들이 하루 2만 마리, 연간 800만 마리에 이른다는 통계도 있다. 소음 방지를 위해 설치한 투명 방음벽에 충돌해 죽은 새들도 많다.

이렇듯 「그 유리창에는 나무가 산다」는 환경문제뿐만 아니라 사회문제도 함께 얘기하고 있다. 도심의 유리창에서 죽어가는 새들을 일자리 찾아 도시로 몰려드는 사람들로 비유했다. 꿈을 좇아 왔지만 녹록지 않은 현실 때문에 결국 좌절하고 쓰러지는 안타까운 실상을 이 시조에 담았다.

인간적이라는 그 말 외 1편

산비탈 깎아 쓴

석곽묘 아래 아래

낮게 엎드린 띠풀 쓴 봉분 하나

저 묘 참, 인간적이네

길 가다 스친 생각

낙엽, 지다

져서 지는 게 아니다

갈 길을 갈뿐이다

결코 부끄러워서

붉어진 게 아니다

한 시절 잘 살았다고

혼술 한 잔 한 게다

그 유리창에는 나무가 산다 외 1편

새들이 자꾸 숲을 향하여 날아간다
숲을 찾아 숲의 반대 방향으로 날아간다
흙 한 줌 물 한 방울 없어도
나무가 자라는 숲

그림자를 좇아 눈 깜짝할 새 날아간다
청푸른 착시의 숲 신기루를 찾아서
가파른 거울 속으로 빗금 치며 날아간다

날아간 새들은 다시 돌아오지 않았다
직벽에 가로막혀 날개 꺾인 새 한 마리
저 홀로 풍장을 치르고
숲으로 날아간다

_ 2022년 《오늘의 시조》 16호

노을의 노래 2

굴 향 짙은 행간에

보랏빛 사연 몇 줄

갈피에 숨긴 마음

내 얘기라 말 못하겠네

발갛게 물이 든 문장

석양녘의 시 한 줄

_ 2022년 《정형시학》 여름호

율 / 격 / 6 / 집

용 창 선

dragon4424@naver.com

2015 서울신문 신춘문예 등단. 젊은시인상(2021).
목포시립도서관(2020)·목포문학관 상주작가(2021), 목포시조문학회
회장, 목포대학교 출강(2017~2021).
시집 『세한도歲寒圖를 읽다』(2019) 외 공동시집 5권.
연구서 『고산 윤선도시가와 보길도 시원연구』(2003) 외 4권.

투명한 빛깔의 상감을 빚으리라 다짐 품고 살아온 서른 해 봄날, 기다림이 보람으로 탄생한 선명한 주름에 목 늘인 백자상감모란문병. 억새들이 봉창 두들기다 절 마당 쓸고 가는 늦가을, 억새 속에 파묻히면 골방에 누운 듯 아늑하고 아름다운 안식처 천관산. 총칼에 몸 베이고 피 흘리며 민주를 외치던 40년 전, 그날의 아픔들이 공연장 관현악 서곡에 이어 극으로 탄생한 5월의 노래, 쓰라린 광주와 상처 숨긴 무등산. 달 환한 밤 보리마당 지나 산방 길 포차, 표주박에 달 담아 치자꽃처럼 하얀 미소 띠던 그녀와 참꽃술에 취하고파.

5월의 노래 외 1편

관현악 서곡에서 터져나온 그날의 절규
민주를 외치다가 총칼에 베인 젊음
상여 탄 오월의 넋들이 우리에게 다가온다.

금남로의 죽음 넘어 신군부의 어둠 넘어
호곡하던 망월동에 또다시 달이 뜨면
쓰라린 빛고을이여, 상처 숨긴 무등이여.

공연 무대 한가운데 이승과 저승의 길
아들 잃은 노모의 가슴이 또 저리는데
꿈마다 철쭉꽃들이 피 흘리며 서있다.

술잔 속의 그대

보리마당 달 밝으면 술 한 잔에 취하고파
그리운 임 떠오르면 산방 길 주막에서
달빛을 표주박에 담아 환하게 마시고파.

연분홍 복사꽃도 달빛 따라 취하지만
목 빼며 기다리는 학鶴 닮은 그대 만나
아직도 말 더듬으며 참꽃술에 취하고파.

각시원추리 너도바람꽃 무슨 기도 드리든가
아카시아 향내 품은 편지 한 통 써놓고서
치자꽃 하얀 미소에 홀려버린 내 마음.

백자상감모란문병 외 1편

흰 구름 흐르는 하늘, 겹겹의 꽃잎 속에
오백 년이 얼비치는 투명한 그리움은
당신을 여기 두고 온 그 어느 생이런가.

둘만의 날은 가고 햇살 담던 눈도 삭아
향기 없는 세월 담은 서른 해 하고도 봄날
허공을 그저 떠다니는 먼 옛날의 이야긴가.

상감 품은 기다림은 노을 향해 목 늘이고
선명한 주름에 메워지는 향기가
운문雲門 밖 풍경소리로 연못을 건너간다.

_ 2021년 《좋은시조》 가을호

천관산

억새 속에 파묻히면 하늘은 더 높아지고
바람 소리 멀어져 골방 안에 누운 듯
계절을 건너온 들의 그림자가 일어선다.

봉창을 두들기는 싸락눈 소리인가
와삭와삭 소리 내며 춤추는 억새들이
꽃살문 어루만지며 절 마당을 쓸고 간다.

산꼭대기 올라서면 오한이 내리는데
저 멀리 졸음 한 짐 몰고 오는 새털구름
하늘이 주머니에서 낮달을 꺼낸다.

_ 2022년 《시조미학》 봄호

율 / 격 / 6 / 집

염 창 권

gilgagi@hanmail.net

1990년 동아일보 신춘문예 당선으로 등단.
시조집 『마음의 음력』 외, 평론집 『존재의 기척』 외,
중앙시조대상, 노산시조문학상 외.

○ 시작 노트

사물들을 경배한다,
처음도 끝도 없는 시간 앞에서
사물은 언제나 처음인 모습으로 형성되기를 반복한다,
나의 소소한 것들이 사물과 대상에 스며들다가
합쳐져서 끝내 하나가 되기를 바란다.

고복皋復 외 1편

자홍의 능소화 속곳에 핀 이슬 붉다,

지붕을 타고 오른 입술이 참 가물다,

네 이름, 세 번 외친다,

뜨건 갈망, 툭—

진다.

구름의 장章

아무래도 가뭇없는 아침이 흘러간다,

가랑비 출출거리며,
이파리 밑 곳곳에 네 얼굴의 빗금 새긴다, 그 무량한
틈에 끼인 시간 또한 첩첩하다, 석면 차양을 문지르며
떨어지는 낙숫물, 가볍게 통통 튀지 못한 것들은 엉겨
붙은 시간과 함께 점액질이다, 감정의 사선이 겹겹으
로 늘어서는
이리 못 견디는 날,

그 홈 파인 바닥을 튕겨내는 하염없음의,

그늘의 심장을 가진 구름 몇 장 띄운다.

새의 문신文身 외 1편

흰 목덜미 위에는 점이 몇, 찍혀 있다
인적이 닿은 적 없는 백사장에 떨어뜨린
발톱들,
성긴 시간의 그물코에 걸려 있다

창유리에 새 날개 그림자가 지나간 뒤
영혼의 계량기가
가막새 좌座 가리켰다
바람의 푸른 모근이 살 틈에서 자랐다

그 성좌는 없노라고 당신은 또 말한다
흡혈하는 거미에게 입맞춤을 당했다고
몸 곳곳, 따개비들이 달라붙어 아프다고

환영처럼 깃털들이 조금씩 부풀려졌다,

날개의 영혼은 날아올랐다,
저물도록

몸 안에 거꾸로 매달린 鳥 자를 풀어낸다.

_ 2022년 《시와소금》 가을호

유리창 가에서

유리창에 부딪쳐 구부러진 빗방울은
기웃이 매달린 채 내부를 들여다본다,

그 두께, 눈시울 밖에서
투명하게 접혀 있다

이파리 몇 날린 뒤로 곧 박명薄明이 다가왔다
세입한 방, 놓고 간 좌탁에 마음 닿는데
흐릿한 말들이 남아 벽지에 수북하다

공중에 핀 빗방울은 바닥으로 몰려간다,
주머니에 손 지른 채 초면인 그를 보내듯

산다고 그리 말해온 날,
꼭 그만큼 멀리 있다.

_ 2021년 《좋은시조》 겨울호

율 / 격 / 6 / 집

선 안 영

i1004sun@hanmail.net

2003년 경향신문 신춘문예 시조 당선.
시조집 『초록 몽유』, 『목이 긴 꽃병』, 『거듭나, 당신께 살러갑니다』, 『저리
어여쁜 아홉 꼬리나 주시지』, 현대시조100인선 『말랑말랑한 방』.
중앙시조대상 신인상 수상 외.
2011년 한국문화예술위 창작지원금 수혜 외.
2022년 제22회 고산문학대상 수상.

위대한 '시'라는 구름 신발에 내 맨발을 넣어본다
몰랐던 또 다른 생을 통째 훔친 것 같아
한 번도 가보지 못한 길에 올라 탄 거 같아
다 늙은 봄의 등 뒤를
하염없이 따라온 여름처럼

순진하고
무구하고
천진하고
맹렬하게
포개져 한 생이 된 것 같아
뼈 속까지 뜨거워라

거짓말처럼 외 1편

묵은 신을 버렸다 버린 건 신발 같은데

길 밖으로 쫓겨난 듯 맨발이 더 쓸쓸했다

꿈에서 내 손을 붙든

아비 손을 꽉 물었다

등짐이 무거울수록 탄생하는 손과 발들

부러지지 않기 위해 일생이 마디뿐인

고백과 잘 못 탄 기차와

이골이 난 빈 손과

실밥도 뜯지 못한 아비 가슴이 깨끗했다

발가락이 빼닮은 새끼를 업고 기어 나와

빗속을 붉은 지네가 간다

바퀴도 신도 없이

수직 절벽 꽃대 위에

보라 꽃 새끼발가락 하나를 남겨두고

이별을 망설이며 서성이는 순간들

통점의 절취 선을 만들어

사라지려는 발자국

하늘 끝 밀어올린 이름들을 부수는지

획 많은 글자들이 흩어져 날린다

가을은 빈방을 완성하려

괄호를 활짝 연다

절반의 비밀 2 외 1편

넘어져 이마 깨진 앞은 부처 뒤는 돌인

침묵으로 몸이 된 그 불상을 찾아갈까

단 한 번, 번쩍 눈을 뜨면 감지 못할 눈을 찾아

고양이는 앞발로 꽃그늘을 파 뒤집고

무언가 묻어두면 무어라도 피어날 듯

미륵사. 빗방울 소리에 실눈 뜨는 돌부처들

봄, 이라는 숨 속에 모든 날을 숨겨놓아

코가 깨지지 않은 뒤편이 이제 꽃필 차례

엎드려, 오래 울고 난 소년이 걸어 온다

_ 2022년 《시조시학》 여름호

편향수偏向樹

배꼽 있는 시를 낳느라

빗소리를

심으며

청천과 벽력 사이

손목 발목

부러진다

필생의

기울은 너덜을

괴고 앉은

노래뿐

_ 2022년 《시와 문화》 가을호

율 / 격 / 6 / 집

백 숙 아

topsukah@hanmail.net

2019년 계간 《좋은시조》 등단.
시조집 『시간의 첫 선물』, 『독서와 표현』(공저), 『광양, 사람의 향기』(공저).
백련문학, 광양문협, 한국시조시인협회 회원.

뭘 찾아 그리도 헤맨 걸까?

여기까지 오는 데 한참 걸렸다
내려놓음에 대한 생각 후
한없이 넓은
하늘도 보이고
들녘도 보이고
아련한 수평선도 보인다

이제 철이 들려나 보다

반주飯酒 외 1편

허기진 거북이
모래사장 지나듯
느린 시곗바늘 소리에 애간장 녹아내릴 지경
바빠진 배꼽시계는 일각이 여삼추

목젖에 군침 도는 상큼한 갯내음
낡은 손가방 챙겨 현관문 열자마자
옆 지기 애간장 녹도록 온갖 애칭 둘러대고

시원한 굴 김국 향기로운 파래무침
잘 익은 갓김치 씁쓸한 전어 속 젓갈
막걸리 한 사발이면 오장육부 소통일 터

찰싹 붙어 재잘대며 부대끼는 바람에
피로감도 잘 익은 파래무침에 녹아들고
가슴에
묻어두었던 말
반주에 말아 들이킨다

습관성 골절

돌부리에
걸려서 발목을 삐었다

구두 굽이 빠져서
오가도 못할
진퇴양난

때마침 울어대는 벨소리
허둥대는 손놀림

이순耳順 외 1편

해넘이를
향해
힘껏
활을 당겼다

과녁에
꽂힌 화살이
파르르 떠는 순간

틈새에
숨죽인 노을
다시 붉게
피어나고

_ 2022년 《백련문학》 여름호

열애

멀대가 널 좋아한다는데 너도 그냐

해 저문 바닷가엔 일렁이는 파도소리
그놈은 안 된다니까 노 저으며 애면글면
속이 꽉 차야 하는데 통 숙기도 없고
정신 차려라 이 속창시 없는 것아

선창가 사람들 입방아에 문절구가 춤을 춘다

_ 2022년 《백련문학》 여름호

율 / 격 / 6 / 집

박 정 호
hanullbada@naver.com

1988년 《시조문학》 추천 완료.
시조집 『빛나는 부재』.

어쩌면 아니, 어떻게 여기까지 왔을까?

갈수록 멀고 멀다.

군상群像 외 3편

궁시렁, 씨부렁
불만이 가득하다

 도리道理는 땅에 떨어졌어도 못난 놈 하나 없이 너도 나도 다들 잘나 기고만장 부화뇌동에 얼싸절싸 가관도 그런 가관이 없는 중에, 천지조화가 기가 막혀 여기저기서 들쑥, 날쑥 독화인지 향화인지 전염병처럼 옮겨 다니며 어쨌거나 꽃이 피는데, 꽃피는 소리 시끄럽다 형형색색에 눈 어지럽다고 지랄을 한다. 지랄하는 이유도 가지가지 시비 걸 일 많은 호시절에 온갖 트집에 억지에 방정을 더해 뿔난 망아지 자발없이 날뛰듯, 통발에 잡어들 그물코 들이박듯, 나무되다 만 잡초처럼 휘둘리며 지랄발광을 하다가, 사람 못된 잡것들 살판이라 오사리잡놈 시러베잡놈 속창시 없는 잡놈에 사색잡놈 천하에 만고잡놈, 이런 잡놈 저런 잡놈 별별 잡잡 썩을 잡것들 다 나와서 못하는 짓이 없네 그려. 아이고, 징글맞아라. 에라! 이 오살할 놈아

이놈아. 반쯤 미쳐야 산다더니, 사방팔방 꽃이 피는데
눈물 찔끔 콧물 찔끔 울고불고 자빠졌네. 꽃가루처럼
은근 매운 이놈의 심사가 필시 병인가 싶어 끙끙 앓는
가 싶더니만

봄날이 그예 가더니
꽃 지니 또 지랄이다.

_ 2022년 《시조시학》 가을호

어라, 별별別別

꽃피면 어떻게 하나
어인 일로 꽃은 피나
천애절벽을 부여잡고
오고 있는, 오는 것을
여북한 이내 심사야
황망하거나 말거나.

내심 기다림이
곡두 같은 것이래도
떠나서 오지 않는
누구누구, 무엇인지
강 건너 산수유 마을
가 보기는 할까나.

_ 2022년 《열린시학》 여름호

발인發靷 2

발길에 차인 돌 같았다
필부匹夫는 학생學生이었다

검은 산 검은 들 떨구고 간 새 울음만 살아 들썩거리
는 곡전轂轉 길을 질퍽거려서 못가겠네. 아득하여서
더는 못가겠네. 흘린 눈빛 같은 것들, 편린 같은 것들,
검불 같은 것들이 회오리로 휩쓸려가는 허허벌판이
어디인가? 곧장 가면 그곳이다. 불붙일 심지도 없이
삼세시방三世十方 요요寥寥한 중에 철벅철벅 강 건너
는 소리, 그렇게 가고 있는가. 헤매지 않고 가는가

다시는 오지 말아라
꽃으로도 사람으로도.

– 2022년 《다층》 여름호

*곡전 : 수레의 바퀴통처럼 돎.

거기 서 있었네

동구 밖 당산나무는 모든 길의 기준이었다
좌우로 벌려 삼천 리 뿔뿔이 떠나가서
늦도록 불 밝혀 두어도 돌아오는 길이 멀었다.

거기 서 있어도 그리움은 항상 아득하여
밖으로 길 아닌 곳 먼 곳으로만 눈을 뺏겨
도중에 잃어버린 것들은 잊어버린 것들이었다.

세상을 축내며 마음을 축내며
떠난 곳으로 머리를 누인 여우의 잠 속으로
무심을 흔드는 것이 흔들리는 까닭이었다.

_ 2022년 《시조시학》 가을호

율 / 격 / 6 / 집

박 현 덕

poet67@hanmail.net

1987년 《시조문학》천료.
1988년 《월간문학》 신인상 시조 당선.
중앙시조대상 백수문학상 김만중문학상 송순문학상 등 수상.
시집 『스쿠터 언니』『1번 국도』『밤 군산항』 외 다수.

⊙ 시작 노트

바람이 불기 시작합니다. 길을 걸으면서 문득
얼굴을 스쳐 지나가는 바람의 꼬리를 살며시
잡아 봅니다.
아스라한 세월이 묶여 있습니다

미안하다 외 1편

어멍 어멍 하반신
움직일 수 없는데

요양병원 요양원
다 싫다 울부짖고

신촌의
해안 보인 방
문 반쯤 열어 놓는다

어떤 날은 삼촌 불러
돌담을 걷어내고

새 줄로 집을 몸을
다시 얽어 매라한다

바람이
발톱을 세워
늦저녁 몰래 올까

어둠 무장 커지면
푸른 꿈결 바다에서

아흔 잠녀 빗창 쥐고
숨비소리 내뱉는다

그 눈빛
물질을 하며
마지막 바다 담는다

*새 : 마른 풀잎으로 지붕을 만들고 해풍에 날아가지 않도록 얽어 맨 것
*빗창 : 해산물 채취 도구

숨비소리

바람이 비릿하다
개는 컹컹 거리고

생의 흔적 게워내는
눈물 속으로 뛰어들어

어머니
파도 휩쓸리다
그 누굴 호명한다

바다는 술 취한 듯
목숨길 위태롭게 해

혼자 먼 산 먼 오름
슬그머니 바라보다

마음 속

서러운 것들

휘파람으로 보낸다

22 겨울 외 1편

2월은 참 길어지고 볕이 들지 않았다
다저녁 아홉시 거리 상점도 빌딩도
지그시 입술 깨물고 눈꺼풀을 내렸다

어디에서 오미크론 확진이 될지 몰라
취기 오른 한 무리 직장인들 혀 차며
다급히 택시를 타고 어둠 속으로 사라진다

가령, 매일 우울해 뉴스 보다 잠 들고
가령, 마음 소낙비로 훑고 가는 숫자들
흐릿한 나날이라고 지니 불러 음악 튼다

_ 2022년 《정형시학》 여름호

밤이 간다

밤이 간다 바람 분다

가슴을 할퀴면서

고양이는 처마 밑
어둠처럼 웅크리고

불 끈 채
적막 듣는 사이
창문도 젖고 있다

_ 2022년 《정형시학》 여름호

율 / 격 / 6 / 집

문 제 완

moon@epost.kr

공무원문예대전 시조부분 최우수상.
제주 영주일보 신춘문에 시조 당선.
《역동문학》 신인상, 《시조시학》 신인상.
시조집 『꽃샘강론』.

존재의 노출

사진가 리제트 모델은 '존재의 노출'에 대해 다음과 같이 말합니다.

"사진의 노출은 감춰진 어둠, 그 비밀에 빛을 주라는 노출이다. 보이지 않는 삶, 타인이 고통 받는 것, 스스로 말하지 못하는 것, 상처받은 영혼들까지 바라보고 비추고 드러나는 노출이 참된 노출이다."

어찌 사진뿐이겠습니까. 예술이 바라보는 노출은 아름답고 찬란한 것이 아니라 비루하고 낡아가는 모든 것으로 향하는 게 아닐까요. 이러한 의미에서 나의 문학적 초점은 낮은 곳과 음지를 향해서 궁극의 아름다움을 찾고 싶습니다.

문척 이모 외 1편

사성암 암자 아래
이모댁 찾을 때면

오냐 와라 어서와
미소 가득 반기던

사립문 너머 한 생은
가물가물 저물었다

섬진강 강변 따라
벚꽃길 환해지면

윤슬에 강바람도
하늘하늘 노닐고

강물은 물안개 피어
눈물처럼 흘러라

지리산에 구름 한 점
헤실헤실 흘러간다

노란 향기 참외밭이
누렇게 익어갈 때

가는 숨, 몰아 쉬면서
작아진 몸 그립다

새인봉 시간

무등산 산길에 자리 잡은
무덤 하나

산객들 가쁜 호흡 내쉬면서 비껴간다

무더위 진한 땀방울 흘리고
또 흘리며

기억의 누적치를 높이는
발자국들

산묘역에 소나무 뿌리 박고 직립했다

지상의 추억 한 자락 산 바람을
툭, 건든다

물 속살 외 1편

용추계곡 물속에 나신의 여인 있다
물이랑이 황홀하게 살랑살랑 살포시
바위를 안고 뒹굴며 농밀한 희롱이다

열목어 어름치의 가슴께도 간질이고
계류 속 하늘 구름 농락하는 한낮이다
누구를 꼬드기느라 꼬리치고 환장할꼬

_ 2021년 《시조정신》 하반기호

붙박이 삶이라니

1.
흰구름골 담벼락에
찰떡같이 달라붙은

붙박이 돌이 있다
긴 울음 붙들고서

모진 생 척박했어도
무지개 꿈을 꾼다

2.
하늘 향해 우뚝 솟은
고산준령 바위거나

바닷바람 이웃한
풍란 품은 암벽이거나

딱 봐도 십장생도인
좌대 위 수석이거나

_ 2022년 《문학춘추》 봄호

율 / 격 / 6 / 집

김 혜 경
rose27101@hanmail.net

2015년 《시조시학》 등단.
시조집 『꽃밭, 꽃밭』.

동글동글한 말, 각진 말, 시원한 말, 숨이 콱 막히는 말······.

말과 생각이 행동을 지배한다. 아직 유교 사상에 자유로울 수 없는 세대가 중년 세대다. '남자는 남자다워야 하고, 여자는 여자다워야 한다.'는 방에서 벗어나지 못한다. 육 남매 중 맏이인 큰언니가 부모님과 동생들에게 마음 쓰는 것을 보면 '맏이는 태어날 때부터 맏이인가 봐'라고 생각하곤 했다. 하지만 언니라고 '언니답다', '장녀답다'라는 말에 한겨울에도 왜 아니 진땀이 났겠는가? 올봄 시어머니가 된 큰언니에게 '시어머니답다'라는 방이 하나 더 생긴 것 같다.

좀작살나무 외 1편

작살 앞에 애써 붙인
방패만 같은 '좀'자
작다는 뜻이지만 속말은 아니지요
신중에 자중하라는 말씀이 틀림없네요

우악이 아니라 다감하란 것이고요
백천 번 숙고하며 헤아리란 것이고요
창끝이 제 심장 찌른다는
말 없는 경고지요

무릎을 꿇리는 게 능사가 아니지요
나 먼저 손 내밀면 상대가 맞잡겠지요
뾰족한 좀작살나무 잎이
꽃처럼 보이네요

답다가 덥다

답다, 는 말 들으면 한겨울에도
덥네

맏딸답게,
언니답게,
가두고 대못을 치네

봉창도 하나 없으니 숨이 컥 막힐밖에

독사진 외 1편

아버지
밥상 앞에 신문을 들고 오셨다
숭늉으로 입가심하듯
광고에 부음란까지
꼼꼼히 챙겨보시던 생신날 아침에
뜬금없이 화원사진관에 가자고 하셨다
결혼 날짜 받아두고 들떠있던 때였으니
햇수로 벌써 삼십 년
봄꽃 다 지기 전에
온 식구 모인 참에 사진을 찍자셨다
큰손녀 브라자 입은 기념으로 모두 모여
쓸 만한 가족사진 한 판
환하게 박자셨다

어리둥절, 어머니께 한 말씀 툭 던지셨다

당신허고 나헌티는 독사진 한 장씩

써비스 해준다누만

꽃처럼 웃어 볼 텨

_ 2022년 《정음시조》 제4호

점점

눈 밑에 눈물점은 눈물 먹고 산다지

왼눈 아래 파고드는 갈수록 까만 근심

점점 더 멀어만 가는

천 리 밖의 그대여

_ 2022년 《다층》 여름호

율 / 격 / 6 / 집

김 종 빈

33169b@hanmail.net

2004년 《시조문학》 등단.
《시조시학》 젊은 시인상, 이호우시조문학상 신인상 수상.
시조집 『냉이꽃』, 『몽당 빗자루』, 현대시조선 『별꽃별곡』.
現 전북시조시인협회 회장, 가람기념사업회 사무국장.

써 놓고 다시 보면 형식만 빌려온 잡글입니다.
봄 여름 내내 편두통에 시달리다
겨우 내려놓습니다.

가위 바위 보 외 1편

손가락 점을 쳐 내미는 가위 바위 보
마디마디 세어보면 분명 이기는 점괘
지문이 닳고 닳도록 괘를 짚고 짚는다

볕이 이런 날이면 꽃으로 올 것 같은
그대로 화석이 된 또렷한 얼굴 있어
올봄엔 기별이 올까 꼽아보는 손가락

길과 길을 밝혀주며 환하던 벗꽃 지자
잎새 뒤 숨은 설렘도 까맣게 여무는데
여전히 가위 바위 보 괘를 믿다 놓친 봄

그리운 김두한

대변을 보시려면 항문으로 봐야하는데

거참! 왜 입으로 내뱉고 들 그러실까

냄새가 지독한 것이 못 드실 것 드셨나

선진국에 진입했다는 살기좋은 우리나라

내뱉고 아니면 마는 역류성 저 식도 변

김두한 할아버지의 그리운 그 바가지여

가루가 되어 외 1편

깨지고 부서질수록 맛이 난다는 밀알같이
나도 껍질을 벗고 하얗게 부서지고 싶다
목메어 눈물에 젖을 한 조각 빵이고 싶다

땅의 기운을 받아 가루가 되는 감내까지
짐작조차 할 수 없는 순백의 살신이여!
화덕의 불꽃 속으로 몸 던진 너이고 싶다

_ 2022년 《시조 21》

강아지 풀

폭우와 뙤약볕 건너 봄 여름이 지나자
낱낱의 장난끼들 덥수룩하게 길어있다
목대가 휘어지도록 머리가 무거워 온다

아니다 아니다 바람에 맞서 도리질 치며
묵언의 화두 하나 던져놓고 답을 묻는
할 말을 안으로 감춘 속내를 어찌 알까

가을이 깊어갈수록 머리 더욱 숙여지고
헛소리 억지소리 살랑살랑 받아넘기며
길가에 목을 늘이고 세상을 간지럽히는

_ 2022년 《좋은시조》

율 / 격 / 6 / 집

김 수 엽

ksooy99@hanmail.net

1992년 중앙일보 연말 장원, 1995년 경향신문 신춘문예 당선.
2020년 아르코 창작 지원금 받음.
역류 동인, 전북시조시인협회 회원.
시조집 『등으로는 안을 수 없다』(2022년 상상인).

○ 시작 노트

　뉴스나 신문을 안 보기로 한 지 꽤 되어 간다. 그러나 컴퓨터를 켜놓고 작업을 하다 보면 어쩔 수 없이 뉴스 제목을 스치는 경우가 있다. 수양이 덜 된 탓에 '다주택자 세금 감면' 등의 제목을 보는 순간 울컥 화가 치밀어 오른다. 그렇다고 어디 화풀이할 대상도 찾기 힘들다. 그래서 산책을 하거나 도서관을 찾아 책을 읽는다.

　우기에 비가 오지 않아 물이 부족하고 서유럽은 폭염으로 고통이 이만저만이 아닌가 보다. 인간의 탐욕을 버리는 길이 지금보다 나은 세상을 만드는 길 분명하다. 이런 길은 결국 우리들의 엄마가 가진 순수한 본능에서 시작하면 된다. 내 삶의 위로는 엄마 생각이다. 그래서 내 작품에는 늘 엄마가 산다.

　오늘도 시 한 줄 읽어보는 마음이 넉넉하고 여유로운 사람들이길 소망해 본다.

책을 읽다가 외 1편

귓속이 텅텅 비고 마음이 가려울 때
선악善惡 가리지 않고
언어를 삼켜온 눈
이제는 안개가 끼어 매일매일 뿌연 날

두꺼운 여름 볕이 눈꺼풀을 짓누르면
잠속에 니체가 와
'신은 죽었다' 외치는데
무식한 내 숨소리는 씩씩거려 대답할 뿐

더위가 녹아가는 어둑어둑 저녁 시간
팔 형제 입을 위한 우리 엄마 손놀림
날마다
'신은 살아서'
명품이었던 음식 맛

발견

떨어지는 빗방울을 꽃부리가 받아내는 건
물방울 깨질까 봐
깨지면 아플까 봐

어린 날
내 몸을 업은

우리 엄마
똑같다

상속하는 웃음 외 1편

아가야 내가 지금
네 앞에 웃는 웃음

내 엄마가 내 앞에서
늘 웃었던 웃음이란다

날마다
내 얼굴 비춘

우리 엄마 빛나는 등燈

_ 2022년 《시조시학》 여름호

연필

날카로운 칼날이 내 몸을 깎아낼 때
참았던 시커먼 욕망
뾰족하게 돋아서
세상에
쏟아놓는 말
삐뚤빼뚤 꾸짖네

손가락과 소곤거리며 종이 위에 내뱉는 건
능력이나 생각 따라
다 똑같지 않을 터

이봐요
보이는 것보다
속에 담긴 그게 진짜

_ 2021년 《다층》 겨울호

율 / 격 / 6 / 집

김 강 호

poet1960@hanmail.net

1999년 동아일보 신춘문에 당선.
시조집 『군함도』 외 4권, 가사시집 『무주구천동 33경』.
고등학교 1학년 교과서에 〈초생달〉 수록.

시답잖은 시 나부랭이를 쓰면서 괴괴한 미소가 인다.

지구의 멸망을 앞에 두고도

전쟁을 일으키는 인간이 있고

명예를 위해 사투를 벌이는 이들이 있고

돈에 목숨을 거는 자들이 있다.

지구의 생명 시간은 제로를 향해 내달린다.

인간들의 우둔한 생각 앞에

버티고 선 멸망이 섬뜩하다.

이제 우리는 무엇을 해야 할 것인가.

시피노자가 되어

내일 종말이 오더라도 한 편의 시를 쓸 것인가?

자목련 외 1편

넌, 순간
나를 향해
꽃 방아쇠 당겼다

다연발
꽃탄을 맞고
쓰러지는 난
네 사랑

안개꽃

누군가
몸서리치게
슬픔을
건너나 보다

긴 밤이
흥건하도록
일렁이는
흐느낌

달려온다, 봄 외 1편

겨울이 앙탈부려도 봄은 성큼 달려온다
장원급제 이도령이 춘향이 만나러 오듯
지체할 겨를도 없이 눈 깜짝할 새 달려온다

고을을 휘어잡고 호시절 보낸 겨울은
암행어사 출두 같은 마파람 소리에 놀라
변사또 기절초풍하듯 까무러져 나뒹군다

주눅 들어 살아온 잡초들이 뛰쳐나와
월매, 방자, 향단이듯 흥에 겨워 들썩이며
한바탕 하늘 덮도록 꽃을 펑펑 터뜨린다

_ 2022년 《시조미학》 여름호

낙엽이 쓴 유서

청개구리 울음처럼 나도 한 땐 파릇했다
고흐의 캔버스에 수채화로 스며들어
강렬한 색채로 남아 춤을 추고 싶었다

벌레 먹은 이력을 훈장으로 내밀면서
미완의 끝자락에 덧붙이는 한마디
고맙다, 따뜻한 세상 동행해준 이웃들

나 이제 어느 낯 선 가난한 곳에 닿아
평화롭던 날들을 노래로 피우면서
사랑이 움틀 때까지 밑거름이 될 것이다

_ 2022년 《서정과 현실》 상반기 호

율 / 격 / 6 / 집

고 정 선

gojeungsun@hanmail.net

《아동문예》(1986), 《시세계》(1993), 《좋은 시조》(2017),
목포문학상 남도작가상 제8회(동시)·10회(시조),
제7회 한국가사문학상 장려상 외.
한국장애인문화예술원(2019년), 서울문화재단(2022년) 창작 지원금 수혜.
목포·광양문협, 한국시조시인협회, 목포시조문학회, 오늘의시조시인회
의 회원, 좋은시조작가회 회장.
시조집 『눈물이 꽃잎입니다』, 동시조집 『개구리 단톡방』 외.

국립중앙박물관에서 보이는
남산과 거울못 사이에서 어느 수집가와 만난 시간.
부러움이 스멀스멀 올라올수록
눈과 마음은 더 깊어지려 애썼다.
시중유화詩中有畵 화중유시畵中有詩.
소신공양한 것 같은 그림 속에 숨겨진
화가의 호흡을 찾아 떠난 여정.
회화의 방식으로 존재하는 시조의 가능성을 찾아
아직 멈추지 못한 채 달리고 있다.

여백에 권하는 술 외 1편
– 김홍도 작 「주상관매도」

언덕 위 고매 한 그루 가지 끝 취한 바람
고요 속 매듭 풀고 새가 되어 나는 순간
숨 쉬는 여백 벗 삼아 술 한 잔 권합니다

노옹이 치는 무릎장단에 목을 꺾는 우조 가락
비우고 채워가는 매향의 추임새에
안개 속 녹아든 꿈이 은밀하게 여는 살품

유와 무의 가장자리에 맑은 생각 한 채 지어
가야 할 길 알고 가는 구름 위에 얹어 놓고
조각배 봄물에 기대 하늘 당기며 놉니다

난향이 남긴 사리
– 김정희 작 「불이선란도」

숨 꺾어 난을 친다 다순 햇살 기운 곳에
여백이 끄는 먹선 하늘에 걸어두면
불이선不二禪 눈앞에 펼친 깨우침이 순간이다

마른 잎 등 기대며 동쪽으로 휘청이고
유록빛 뼈만 남은 꽃대가 목이 탈 때
깨우쳐 걸어 나온 몸 묵언이 궁금하다

비백 속 박힌 울음 거친 붓을 쥐어짜니
삼절 난잎 초서 예서로 바람을 털며 간다
화심에 찍어 둔 심점心点

난향이 남긴 사리

세한도 속 숨은 그림 외 1편
– 김정희 작 「세한도」

적소 밖 난바다가 발목을 갉는 날은
화발畵跋 속 해서체도 물길에 갇혀 젖고
갈필이 받아든 눈물 갯가를 맴돈다

높바람 스친 해송 솔잎 더욱 칼칼할 땐
따스했던 곁들이 등 내주던 정이 아파
접어둔 기다림 펼쳐 북으로 낸 창 여닫는

그리움 가라앉아 그늘진 시간 깁는 밤에
보고픈 이 닮은 백목柏木 푸른 피가 뜨거워지면
마른 눈 닿는 곳으로 함께 휘던 숨찬 파도

열명길 든 내자 소식 호곡 없이 견디더니
견디다 허물어진 중심에서 걸어 나와
흘린 삶 연비로 태워 하늘에 걸고 있다

_ 2022년 《정음시조》 4집

섬 거기 환한 봄날

– 김환기 작 「섬 이야기」

바다 건너 초록의 땅 해비늘로 뜨는 섬
시시로 부는 바람 쉰 소리로 흘러들어
갯노을 가슴에 품고 뒤란에 등 기대는 곳

삿무늬 햇살 따라 구름 밀며 나는 새들
동네 소문 풀린 골목 낮달처럼 기웃대다
오방색 춤사위 펼쳐 담묵빛 그늘을 걷는

섧게 익은 술 내음이 눈물로 떠다니면
항아리에 별을 담아 머리에 인 여인네가
말갛게 서 있는 섬, 거기

환한 봄날 그리워

_ 2022년 《한올문학》 03 · 04월호

o 연혁 | 2021. 10~2022. 8

2021년도 하반기

2021. 10.	강성희 동인 시조집 『소리, 그 정겨운 울림』 출간
2021. 10.	선안영 동인 시조집 『저리 어여쁜 아홉 꼬리나 주시지』 출간
2021. 10. 31	최양숙 동인 무등시조문학상 수상
2021. 12. 10	강성희 동인 열린시학상 수상
2021. 11. 30	강대선 동인 제9회 송순 문학상 우수상 수상
2021. 12. 17	이순자 동인 익산 예술문화대상 수상
2021. 12. 24	이택회 동인 시조집 『숲속 이야기』 출간
2021. 12. 31	이택회 동인 익산 불교문학상 수상

2022년도 상반기

2022. 02. 28   고정선 동인 서울문화재단
                    창작활성화 지원 작가 선정

2022. 03. 28   김수엽 동인 시조집
                    『등으로는 안을 수 없다』 출간

2022. 04. 28   김혜경 동인 시조집 『꼿밭, 꽃밭』 출간

2022. 04. 29   유헌 동인 제3회 현구 문학상 수상

2022. 05. 21   춘계 임시모임(광양 청룡식당, 윤동주 유고집
                    발견 장소인 정병욱 가옥, 전남도립미술관)
                    – 고정선, 용창선, 염창권, 이택회, 김종빈,
                      김혜경, 백숙아, 강대선, 이성구, 문제완

2022. 07. 16   선안영 동인 2022년 제10회
                    『모녀의 모월 모일』 올해의 시조집 상 수상

2022. 07. 26   백숙아 동인 다섯 번째 개인전(회화)

2022. 07. 27.   강대선 동인 수필집
                    『해마가 몰려오는 시간』 출간

2022. 08. 17.   선안영 동인
                    제22회 고산문학대상 시조 부문 수상

律
格　2022 **율격 6집**
　　언 어 의　격 을　담 다

초판 1쇄 인쇄　2022년 9월 5일
초판 1쇄 발행　2022년 9월 15일
—

지 은 이　강성희 외
펴 낸 이　임성규
펴 낸 곳　아꿈
—

출판등록　2020년 12월 23일 제363-2020-000015호
주　　소　62357 광주광역시 광산구 월곡산정로 20-49 101동 106호
전자우편　a-dream-book@naver.com
—

*책 가격은 뒤표지에 표시되어 있습니다.
*지은이와 협의에 의해 인지는 생략합니다.
*잘못된 책은 교환해 드립니다.
—

ISBN 979-11-973253-9-7 03810